時尚女王2

陳零 著

米婭站在臥室中央，
手裡拿著一件漂亮的裙子，
幾個星期以來，她一直在商店裡盯著這件衣服看，
她撫摸著布料，感受著質地，
欣賞著設計的複雜細節，
她想像著所有可以穿著它的地方，
她為自己穿上真正喜歡的服裝而感到自豪。
米婭熱愛通過服裝表達自己的個性、
她享受表現創造力和獨特的美感，
她欣賞周圍世界的美麗，
陽光灑在海面上閃閃發光，
雪在月光下所散發的銀光，
美不只是看見，而是可以體驗的。
少女時，她就被時尚之美所吸引，
她喜歡探索自己的風格，
創造自己的造型並嘗試潮流，

經常會花幾個小時翻閱雜誌尋找最合適的衣服，
她很有眼光，從不害怕嘗試新事物，
時尚和美麗是她的激情所在，
她覺得自己的美感賦予了她力量，
給了她一種自信的感覺。
她喜歡織物貼合皮膚的感覺，
以及某些顏色讓她感覺充滿活力，
她喜歡將某些衣服組合在一起，
打造出既獨特又美麗的造型。
時尚不僅是她表達自己，
也是她與周圍世界聯繫的一種方式。

米婭走到臥室的窗前，看著外面迷人的景色，
她可以看到在陽光下閃閃發光的湖面，
草地上野花的鮮豔色彩，

以及遠處樹木鬱鬱蔥蔥的綠色，
當她欣賞自然景觀的美景時，
她感到一股平靜的波浪席捲了她，
米婭在這個地區長大，一直喜歡欣賞戶外美，
她記得在草地上玩耍、
在湖中游泳以及與朋友們探索樹林的日子，
每當想起在這裡度過的美好時光時，
她發自內心的微笑。
米婭很高興有機會再次住在這裡，
為了追求自己的夢想，她搬走了幾年，
但最近又回到了家，以便離家人更近，
她喜歡看著窗外，看到她小時候看到的同樣的景象，
米婭決定去散散步，
她走到門廊上，呼吸著新鮮的空氣，
她準備好接受家鄉的所有美景。

米婭迅速換好裙子，對著鏡子打量著自己，
她知道這件衣服會陪伴她很長一段時間，
米婭緩緩走到河岸，看著周圍迷人的環境，
她一直都住在同一個小鎮，
但這個地方的美麗和魅力從未停止過讓她驚嘆。
路過的人都用敬畏的目光看著她，
對自己微笑，她覺得自己像個名人，
她很自豪能穿上她一直想要的裙子，
她得到了她一直渴望的東西，
如果我們有勇氣抓住機會並追隨我們的夢想，
就會帶來莫大的幸福感。

朵兒是一個夢幻般的女孩，
有著雪白的臉龐，她的頭髮完美地梳成波浪，以近乎天使般的方式勾勒出她的臉龐。
朵兒喜歡外出探索周圍的世界，
她經常去她家附近的樹林裡散步，
花幾個小時追逐蝴蝶，尋找各種不同的植物和樹木；
她的想像力非常豐富，總是能為故事和圖片想出新點子；
在學校裡朵兒是明星，她的成績一直很好，
她會幫忙同學做功課，同學也經常向她尋求建議；
朵兒非常善良和慷慨，總是在她的朋友身邊，
她總是樂於向有需要的人伸出援手；
朵兒是一個夢想家，她一直在追逐夢想，
她熱愛音樂，經常寫詩和故事來表達自己，
她一直在尋找實現夢想的方法，沒有什麼能阻止她。
她是一個可愛的女孩，是美麗、善良和創造力的化身，
她跳出框框思考，永不放棄自己的夢想，
不管生活給她帶來什麼，她都沒有放棄。

幾個月來，米婭一直在遠處欣賞朵兒，
她喜歡朵兒雪白的臉龐和造型優美的頭髮，
米婭每次看到她，心裡都會有一股暖意，
今天，米婭看到站在學校走廊上的朵兒，
終於鼓起勇氣走近她。米婭緊張地自我介紹，
並詢問是否可以談談，朵兒甜甜一笑，答應了，
米婭興奮地告訴她，她是多麼喜歡她，
而朵兒也有同樣的感覺，咯咯笑著感謝她的美言，
兩人聊了一會兒，隨著她們的交談，
米婭感覺到兩人之間產生了某種聯繫，
朵兒很容易交談，米婭在她身邊感覺很舒服。
不久，米婭和朵兒成了好朋友，
她們會在午餐時間一起出去玩，聊聊她們喜歡的事情，
米婭非常感激能在她的生活中擁有朵兒，
她覺得自己找到了志趣相投的人。

朵兒看著周圍充滿活力的人們有說有笑，
他們紅潤的臉頰寫滿了好心情和幸福的生活，
她忍不住笑了。但朵兒想要一些更平靜的事情，
所以她決定走進當地的咖啡館，喝杯茶犒勞自己，
她點了她最喜歡的一種舒緩洋甘菊茶，
然後坐在角落裡一張舒適的扶手椅上，
她一邊喝著茶，一邊享受這寧靜的氛圍，
她看著周圍的人，聽著他們的談話和笑聲，
她覺得一天的壓力都消失了，
讓她感到精神煥發和滿足，為新的一天做好了準備，
咖啡廳的溫暖和人們的愉快談話，
使她的心情得到了提升，
她肯定會很快回來再喝一杯茶，並享受周圍的人。

米婭一直喜歡創意購物及設計漂亮、實用的房屋，
米婭深受這次經歷的啟發，
因此她決定在購物中探索自己的創造力，
米婭開始接觸更多的衣服和配飾，
她在挑選時髦又實用的單品上玩得很開心，
很快就成為了時尚達人，
米婭開始在社交媒體上展示她的時尚品味，
她的朋友和家人都對她的轉變感到驚訝，
她獲得了很多關注，人們開始認可她的風格，
米婭的時尚感表現了自我和發揮創造力的信心，
她不再害怕冒險和表達自己獨特的風格，
她在時尚裡找到了自己的位置並感到自豪。
她喜歡尋找可以用來裝飾室內的獨特物品，
她對此充滿熱情，
因此決定將對購物的熱愛變成一種職業，

米婭開了自己的裝飾設計公司，
專門設計美觀實用的房屋，
她花了幾個小時在網上尋找最好的物品，
讓她布置的房子充滿活力，
她注重細節並欣賞工藝，
這使她的房子在人群中脫穎而出，
米婭對她的工作充滿熱情，
她創造出既美觀又實用的令人驚嘆的房屋，
她以結合不同風格和顏色，
創造出具有凝聚力的能力而自豪，
她還非常注意確保房屋盡可能節能，
以便她的客戶可以節省能源費用，
米婭的房子總是很受客戶歡迎，
能夠為他們的家帶來獨特風格和功能，
米婭對工作的熱情表現在房子的質量上，
她能夠運用獨特的天賦，

這是一個鼓勵她感到快樂的地方，
她周圍都是聽她說話、支持她的人，
她建立了自信，找到真正的自我和人生目標，
她能夠接受新的挑戰，
並以她從未想過的方式成長。

米婭在遠處看到了某人的身影，
她已在樹林裡走了好幾個小時，
但她不知道過去了多少時間，
太陽落山了，天空變成了深紫色，
突然，米婭看到遠處有什麼東西，
或者更確切地說，那是某人的身影，
一個有著雪白的臉蛋，
和一頭潑灑長髮的夢幻甜美少女。
米婭聽說過關於朵兒的優雅，

她已許久未親眼見過，立刻被迷住了，
朵兒站在山頂上，就像一尊大理石雕像，
米婭感覺自己彷彿陷入了恍惚狀態，
無法動彈也無法說話，她簡直不敢相信，
朵兒站在昏暗中看起來多麼美麗，
米婭終於從恍惚中清醒過來，開始向朵兒走去，
隨著她的靠近，朵兒動了起來，
就好像她擁有與風一樣的能量，
當朵兒的目光與她的目光相遇時，
米婭感到一股暖流傳遍了她的全身，
朵兒微笑著說：「你好，米婭。我一直在等你。」
米婭感到不知所措。

朵兒生長在幸福的家庭，
父母經營兩層樓的服裝店很具規模和好評，

她受到父母的寵愛，各種玩具充滿了朵兒的身邊，
五歲時，媽媽買一套紙娃娃玩藝給她，
色彩絢麗的服裝佩飾穿搭，和紙娃娃一起玩假想遊戲，
朵兒沉浸在繽紛，喜悅的童年裡。
隨著朵兒漸漸長大，她也注意到了店裡的變化，
店裡顧客絡繹不絕，店裡忙得不可開交，
父母也沒多少時間陪她，
她有點孤獨，但仍然喜歡在店裡玩，
紙娃娃陪伴著朵兒，也是她最喜歡的樂趣之一，
她被那些錯綜複雜的設計迷住了，
喜歡想像自己穿著她們時髦的衣服，
她會花幾個小時製作不同的服裝，
裁剪和粘貼紙屑和布料，
使紙娃娃看起來盡可能時尚，
她發現自己夢想有一天能創造出真正的衣服。
有一天，她的父母決定關閉商店並搬到一個新城市，

朵兒很難過。她知道她會想念這家商店，
以及她在那裡擁有的所有美好回憶，
她也害怕搬到一個新地方，
搬遷進行得很順利，他們很快就在新城市安頓下來，
新店比老店小很多，不過朵兒很快就適應了，
她的父母努力工作，
使這家店經營成功，很快就生意興隆。

米婭瞥了一眼玻璃窗上自己的倒影，
她一直是一個時髦的咖啡愛好者，
她有著瘦削的臉龐和纖細的頭髮，
她努力塑造自己的形象，她為此感到自豪，
無論生活多麼艱辛，她總是看起來整齊而時尚。
米婭的父親在她兩歲時就去世了，她對他沒有記憶，
但他的缺席在她的生活中留下了永遠存在的空虛，

米婭的母親獨自撫養她，
但這對她來說太難了，儘管盡了最大努力，
米婭的母親還是無法為她提供應得的生活，
米婭的母親被迫做出一個艱難的決定，
她決定把米婭送到孤兒院再婚。
米婭被摧毀了，她被帶離了她所知道的唯一的家，
和她曾經擁有的唯一的家庭，
她覺得在這個世界上完全孤獨，充滿了悲傷，
米婭的母親向她保證，無論發生什麼事，
她都會永遠被愛著，並答應她會很快回來接她。
米婭很傷心也很害怕，她以前從未到過這樣的地方，
她想知道等待她的是什麼，
她不知道她是否會得到很好的對待，
米婭害怕陌生的環境以及隨之而來的未知，
她害怕孤獨，害怕沒有可以信任的人，
儘管有這些擔憂，還是慢慢適應了在孤兒院的新生活，

她慢慢地開始結交朋友，
她學會了信任和依賴周圍的人，
並開始覺得自己有歸屬感，
米婭驚訝地發現孤兒院是一個充滿愛與善良的地方，
工作人員總是確保她得到照顧，她從不感到孤獨，
她很快意識到孤兒院是可以稱之為家的地方，
儘管困難重重，她被關心的人包圍，
米婭最終還是在新家找到了快樂和滿足，
雖然很艱難，米婭也適應了新的生活，
許多孩子在那裡找到了一個家，
他們成了她的新兄弟姐妹，
他們為她提供了度過每一天所需的愛和支持。

米婭可能因失去父親而經歷痛苦的情緒，
她可能會因為不認識他，

無法形成關於他的任何記憶而感到悲傷，
也可能覺得被母親背叛，
產生困惑和憤怒的複雜情緒，
因為母親將她送走並做出再婚的決定。
與家人分離並被送往孤兒院的痛苦可能非常深遠，
可能會帶來被拒絕、被遺棄和孤獨的感覺，
最終，米婭可能會對父母的決定，
感到深深的失落和悲傷，以及困惑和憤怒。
最終母親還是沒有實現諾言，
姑姑領養了米婭，成為她的母親，
米婭在一個單親家庭中長大，
因為她的母親總是太忙而無暇顧及她，
多年來，母親對她許下過許多承諾，
但隨著時間的流逝，米婭對這些承諾的希望逐漸渺茫，
她母親曾許下的一個承諾是帶米婭去迪斯尼樂園，
但隨著歲月的流逝，米婭慢慢地接受了現實，

這種情況發生的可能性很小，
她經常會看著魔法王國的照片，
夢想著本來可以成為現實，但事實並非如此，
當米婭聽到生母突然去世的消息，
感到了深深的悲痛和失落，
幸運的是姑姑收養了她，給了米婭一個家，
儘管不能代替她的親生母親，
但姑姑做了生母無法做的所有事情來彌補親情，
姑媽遵守的承諾那就是帶米婭去迪斯尼樂園。
每次想起這件事，米婭的眼裡都閃爍著興奮的光芒，
可今天，她總覺得少了點什麼，
幾個星期以來她一直很害怕，她也說不清為什麼，
當她盯著自己的倒影時，
她意識到缺少了什麼：一點樂趣，
她想多享受一點生活，為她的生活增添一點光彩，
她決定是時候開始冒險，

她每天都會走不同的路線回家，
嘗試新的餐館，並與陌生人交談，
任何打破她常規的事情，
她對著自己的倒影微笑，
期待著即將開始的冒險。她做好了一切準備。

在朋友們的心理，米婭是一個冒險，有魅力的天使，
激勵著周圍的朋友將她視為黑暗時期的希望燈塔，
曾經她遇到了一位抑鬱症的年輕女孩，
她為這個年輕女孩的韌性和精神所鼓舞，
決定照顧她並幫助她康復，
她傾聽她的故事，提供她的建議，
並告訴她世界上仍然有幸福可尋，
幾週後，這個小女孩的康復取得了長足的進步，
她再次微笑，並以新的樂觀態度擁抱生活，

朋友們被她的無私行為深深打動，
一位風度翩翩的男子聽說了她的英勇事蹟，
也很欽佩這位天使，他被她的勇氣所震撼，
發現自己完全被她迷住了，他們最終墜入愛河，
他們的愛是如此強烈和純潔，
即使是最黑暗的日子也能照亮，
他們一起發現了生活的美好，
分享了許多甜蜜和快樂。

朵兒十歲時父母不幸發生交通意外，雙雙過世，
從此由店裡的縫紉師敏收養，成為朵兒的養母，
父母離開後，每當寂寞想念父母時，
朵兒總會拿出媽媽為她收藏在木盒裡的紙娃娃，
撫摸著紙娃娃，為娃娃穿上美麗的衣裳，
就好像媽媽慈愛的撫摸著朵兒的頭髮，

為她梳頭，編辮子，為她換上可愛的洋裝，
紙娃娃的臉龐漾著笑靨，
彷彿媽媽溫暖的笑容陪伴在身邊，不曾離去。

敏順理成章接管服裝店成為老闆，
朵兒長大後，開始在店裡幫助敏，
朵兒是一位年輕而雄心勃勃的女性，
她一直對時尚充滿熱情，
當她看到一件漂亮的服裝時，會渴望地凝視著它；
她愛上了她剛剛發現的漂亮面料，
這與她以前見過的任何東西都不一樣，
朵兒的心境充滿了驚奇，
想像著用這種布料做成的裙子，
她已經可以想像穿上這麼漂亮的裙子會是什麼樣子，
朵兒激動得無法抑制自己的喜悅，

一想到要創造出獨特而美麗的東西，
知道自己擁有創造的才能，她感到很有力量，
這是一種她從未體驗過的感覺，
讓她想要創造更多美好的東西。

朵兒的心情是一種純粹的快樂和興奮，
她在自己的世界裡，充滿了創造奇蹟的可能性，
她已準備好接受挑戰，製作她夢寐以求的服裝，
她把布料拿在自己手裡，
她已經愛上了它，並且知道她必須擁有它，
她喜歡欣賞設計的複雜細節，
以及將一塊布料變成一件漂亮衣服的方式，
當她用手指撫摸織物時，
她感到一種舒適和輕鬆的感覺，
她知道自己接觸的面料質量上乘，

對創造美好事物的能力充滿信心，
她覺得與自己的創作激情息息相關，
很高興看到她的作品會取得怎樣的成果。

朵兒也意識到時尚界的壓力，
她知道自己需要緊跟最新潮流，
她意識到保持領先地位的重要性，
她的心態是平衡的，她充滿自信和靈感，
她很注意自己工作的細節，
她喜歡創意、設計過程、面料和最終完成作品，
朋友知道她有資源，有才華和動力，
她可以製作這件衣服，
她只需要有人相信她並給她機會。

朵兒向母親吐露了她的夢想，
她想追求時尚並想尋求幫助，
朵兒說話時，她的母親專心地聽著，
然後說無論她想做什麼，她都會支持，
她們一起努力工作，她學習如何製作衣服，
她還鼓勵朵兒開設一個時尚博客來展示她的作品，
朵兒的夢想成為現實，
朵兒欣喜若狂，感謝媽媽相信她。
她也開始了解業務並與客戶建立關係，
也認識了很多不同的人，
她接任了經理的角色，把店管理得很好，
她還負責物品的庫存和訂購，
隨著店面的擴大，她對零售和商業的了解也越來越多，
當敏無法再管理商店時，朵兒最終接手了生意，
在她的帶領下，這家店變得更加成功，
她很感激敏收留了她，

給了她一個新家和一份她熱愛的事業。

多年以後，朵兒依然記得媽媽留給她的紙娃娃，
還珍藏著和父母一起度過的快樂童年，
隨著朵兒的成長，她對時尚的興趣只增不減，
她會花很多時間翻閱時尚雜誌並繪製設計草圖，
當她高中畢業時就知道想進入時尚事業，
她報名參加了時裝設計課程，
很快就開始自己製作衣服了，
懷念曾經玩紙娃娃的日子，她感到懷舊和快樂，
那是成為時裝設計師的旅程中重要的一部分，
所有那些花在構思新服裝組合、
試驗面料和打造完美造型上的時間，
所有這些都幫助塑造了她對時尚的熱情，
紙娃娃幫助朵兒發現，

對時尚的熱愛並培養了創造精神，
她為有機會實現兒時的夢想而高興。

太陽像一條敏捷的魚一樣閃耀，米婭看著很開心，
當朵兒走近時，她知道激動人心的事情即將發生，
米婭和朵兒小時候就是朋友，
每次見面，她們都會想出一個冒險的主意，
今天也不例外，米婭和朵兒站在一起，
清晨中的陽光像一條敏捷的魚身閃閃發光，
朵兒充滿活力和熱情，
長久以來，她一直期待著這一天，
她建議嘗試釣魚，米婭欣然接受了這個想法，
她們迅速收拾好東西朝河邊走去，
當她們到達那裡時，太陽已經開始昇溫了，
兩人涉水開始釣魚，幾個小時過去了，

米婭感到自己越來越興奮，
她從來沒有和大自然如此親近過，
沒過多久，米婭就釣到了幾條魚，
朵兒為她感到驚訝和自豪，
夕陽西下，兩人開始往海邊走去，
走著走著，米婭心裡有一種深深的滿足感，
她知道自己經歷了一次不可思議的經歷，
並且很感激有朵兒這樣的朋友可以與她分享。

米婭深情地回顧了和朋友們的購物之旅，
她找到了那件完美的紅色連衣裙，
讓她無法將目光移開，
但她不得不克制自己，沒有買下它，
相反，她選擇了一些更樸素的作品，
現在她站在衣櫥前，看著她買的東西，

她用手撫摸著一件柔軟的襯衫面料，微笑著，
想起她在購物時與朋友的談話：
「哦，但是這個，」
米婭突然說，指著一件亮黃色的裙子：
「這是我最喜歡的。」
裙子線條幹練有型，
在窗外灑進來的陽光下，顯得格外閃閃發光，
米婭很高興能找到如此美麗的東西，
「是的，時尚！」
她的聲音充滿了興奮，
一種有趣和時尚的表現自己，和創造力的完美方式，
米婭迫不及待地想出去炫耀一下她的新裙子，
這將是讓她在人群中脫穎而出的完美裝扮，
她笑著關上衣櫥，準備出去了。

米婭和朵兒相視一笑，這是美好的一天，
兩個朋友一直在鎮上走來走去，
享受這個地方的景色和聲音，
一路閒逛，他們來到了一個小公園，
公園中央有一架三角鋼琴，
一個男人在彈奏優美的旋律，
兩人停了下來，被音樂迷住了，
兩人對視一眼，都笑了，
此刻的美好，就像兩隻靈活的貓，
在悠閒的假期中肆意橫衝直撞，
兩個朋友找了一張長凳坐下，享受著音樂和這一刻，
她們談論生活，談論未來，談論她們的希望和夢想，
她們笑著分享故事，背景音樂繼續播放，
當太陽開始落山時，她們站起來擁抱，
不想這一刻結束。兩人相視而笑，
儘管她們忍受了生活裡的艱辛，但仍然堅強而有韌性，

現在，並且享受了她們久違的舒適，
米婭覺得自己終於可以放鬆下來，重新享受生活了，
米婭緊緊地抱著朵兒，不想鬆手，
她知道，無論發生什麼事，她們都會一起度過難關，
米婭注視著朵兒雪白的臉，
她可以看到朵兒眼中的光，深情地凝視著，
甜甜壓低聲音說：「我愛你，我愛時尚。」
米婭溫柔地笑了笑，指了指她最喜歡的時裝，
「親愛的，是的，時尚！」她回答道，
「我有同樣的感覺！」米婭得意地笑了，
米婭在上小學的時候就認識朵兒了，
朵兒總是很受歡迎，
她雪白的臉龐和時髦的頭髮引人注目，
今天米婭終於決定告訴她對她的感覺，
米婭長久以來一直夢想著這一刻，
當米婭坦白她的感受時，

感到自己的心充滿了喜悅和興奮，
多年來，她一直欣賞著朵兒，
現在看來，她的夢想終於要實現了，
米婭注視著朵兒的眼睛，開心地笑了，
朵兒對米婭也有同樣的感覺，
她們彼此的眼中看到了同樣的快樂和興奮，
兩人緊緊相擁，都感覺到了一種深深的眷戀，
她們是很久以來的朋友，
現在她們的關係正在加深，變得更有意義，
米婭和朵兒形影不離，
她們分享祕密、歡笑和愛，
米婭的人生終於圓滿了，她再高興不過了。

朵兒饒有興致地看著周圍，臉頰紅潤，
明媚的陽光照亮鵝卵石街道，給空氣帶來溫暖，

熙熙攘攘的街道慢慢恢復生機，
空氣中瀰漫著新鮮出爐的麵包和糖果的香味，
她就像一個迷人的，充滿活力的人，
紅潤的臉頰和歡迎的微笑。
當她欣賞周圍城市的景象和聲音時，
她充滿了喜悅和幸福。
當太陽慢慢開始落山時，
朵兒決定用一杯好茶犒勞自己，
她去了她最喜歡的茶館，她點了最喜歡的茶，
這是一個舒適的地方，氣氛溫馨誘人，
在窗邊一張舒適的椅子上坐下，
可以看到外面的街道，喝著茶，
看著城市鮮豔的色彩開始暗淡，街燈開始閃爍，
她感到如此滿足和平靜，彷彿世界在溫柔地擁抱她，
朵兒享受著夕陽的變幻，微風吹拂著她的頭髮。
她注意到一個英俊的男人朝她走來，

她忍不住被他的微笑和舉止所吸引，
看著俊美的男人越走越近，
她試圖裝出若無其事的樣子，
但當她感覺到他的目光落在她身上時，
她無法控制自己心中的不安，
她被他的笑容迷住了，被他自信的風度迷住了，
男人最終從她身邊走過，
看著他消失在人群中時，
她在腦海中一遍遍地回想著那一刻，
她希望自己有勇氣接近他，
但是可惜，她太害怕了，不敢邁出第一步。

幾個星期以來，她一直在遠處看著他，
欣賞他與周圍人互動的方式，
她對他有一種奇怪的感覺，

好像他在她心中佔有特殊的位置，
但他只是一個陌生人，
他似乎知道她的存在，她知道他是高不可攀的，
但她還是忍不住感到一種深深的渴望，
每天醒來的時候，朵兒發現自己心情複雜，
她每天都會想起他給人的感覺，
她會想像他們在一起快樂的所有方式，
而現實令人心碎，
她嘗試接受現在的處境，但並非易事。

終於兩人又相遇了，朵兒正走在街上，
突然看到一個熟悉的身影，
她許久未見他，但她立刻認出了他，
當他走近時，他也注意到了她，
現在，他們面對面站在這裡。

他向朵兒微笑，問她是否願意一起吃午飯，
朵兒驚喜地同意了，
他們去了附近的一家咖啡館，一起愉快地用餐，
男人對她溫和一笑，問她最近怎麼樣，
朵兒也曾為失去了多少時間而感到悲傷，
她笑了笑，將最後一次見面以後的生活都告訴了他，
他們聊了一會兒，感覺以前的時間好像沒有過去。

朵兒說話間，發現男人心地善良溫柔，
他非常慷慨，總是忍不住幫助那些需要幫助的人，
吃飯的時候，他還從口袋裡掏出幾枚硬幣，
交給坐在咖啡館外的一個流浪漢，
米婭被這個男人的善意感動了，
感覺已經認識他很多年了，
他們聊了幾個小時，時間很快就過去了，

到了分別的時候，男人溫柔的微笑道別，
看著他遠去的背影，
知道雖然時隔那麼久，他們還是可以做朋友的，
她微笑想著下次不期而遇的相見。

朵兒心中湧起一陣激動，
她感到充滿活力和充滿希望，
她感到一種深深的興奮和敬畏，
並渴望更多地了解對方，
相信他是一個特別的人，
可以對她的生活產生積極的影響。
男人看到那個熟悉的身影朝自己走來，
心情可能是複雜的，
他可能感到喜悅，還有一點驚訝，
他可能也感到了一絲不安和恐懼，

因為他不確定這個身影，
在這麼久之後見到他會有什麼反應，
他很高興見到她，甚至還有點難以置信，
他可能也對突如其來的認可感到有些不知所措。

多年來，米婭一直與男友保持著幸福的關係，
從他們第一次見面的那一刻起，
他們就有著特殊的聯繫：
他們有著深沉而熱情的愛，
可以就任何事情聊上幾個小時；
他們喜歡共度時光，
享受浪漫的旅行，探索新的地方和經歷；
隨著歲月的流逝，米婭和她的男朋友越來越相愛了，
他們知道他們想一起度過餘生，
在一個溫暖的夏日，在最親密的家人和朋友的簇擁下，

他們交換了誓言並結婚了，
米婭看著她生命中的摯愛站在那裡，
準備開始他們共同的生活，
她心中充滿了從未有過的滿足感和愛意，
看著他的眼睛，她就知道，
這就是她想要相守一生的男人，
當他們一起開始新婚的旅程時，
米婭不禁為即將展開的生活感到興奮和感激，
她感到很幸運，
能找到一個可以依靠和信任的完美伴侶。

米婭在客廳裡聽到她最喜歡的音樂醒來，
心裡有一種自豪和喜悅，
米婭終於有自己的家了，
環顧四周，她感到滿足和平靜。

米婭笑著回頭看了看自己的衣櫥，
眼裡閃爍著興奮的光芒，
從精品店買來的時髦外套和名牌高跟鞋，
她對每件衣服都傾注了很多心思，
她精心挑選了每件物品，
因為它的獨特性和給她的感覺，
當她把所有這些放在一起時，
這套衣服就反映了她的個性和風格，
米婭過著她最好的生活，
她喜歡時尚如何讓她表達自己，
而且總是善於用自己的衣服做出大膽的聲明，
米婭的衣櫥裡裝滿了她最喜歡的時裝，
她總是以炫耀它們為榮，
她想確保自己在做這件事的時候看起來最好。

米婭和朵兒兩人幾天前才相聚，
但她們之間的聯繫是毋庸置疑的，
她們都在尋找什麼，
卻以一種奇怪的方式偶然發現了對方，
兩人四目相接，都笑了，
那是一種彷彿發自靈魂深處的笑容，
一種讓兩人都心曠神怡的笑容，
此刻的美好，就像兩隻聰明的貓，
在悠閒的假期中肆意橫衝直撞，
伴隨著鋼琴曲的響起，
兩人不由的感覺到了一絲溫暖與祥和，
兩人牽著對方的手，隨著音樂翩翩起舞，
她們不是最好的舞者，但她們不在乎，
她們只想在一起，
感受這一刻，享受這一刻的美好，
音樂漸遠，兩人就這麼站在那裡，

手牽著手，四目相對，
那一刻，她們都知道發現了一些特別的東西，
從那一刻起，兩人形影不離，
她們在彼此身上找到了靈魂的歸宿。

米婭一直記得和男友剛在一起時的甜蜜愛情，
他們是如此相愛，未來似乎充滿希望，
但婚後開始發生變化，起初，變化是微妙的，
米婭和她的丈夫似乎漸行漸遠，
他們不再那麼多說話，彼此也不那麼親熱了，
米婭以為這段婚姻會像他們曾經的甜蜜愛情一樣，
但事實並非如此，孩子的出生改變了一切。
米婭對她的新生兒充滿了喜悅和愛，
她很高興成為一名母親，
而她的丈夫是一位忙碌的父親，

但是儘管充滿了愛和歡樂，
米婭還是忍不住感到失落，
她懷念生孩子前與丈夫的親密關係，
他們曾經分享的甜蜜愛情似乎正在溜走，
米婭試圖和丈夫談談這件事，
但他忙於工作，沒有太多時間說話，
米婭看著自己的婚姻變故，心中感到深深的悲傷，
她不再覺得和她的丈夫很親近，
也不再覺得他們曾經有過甜蜜的愛，
她的生活發生了翻天覆地的變化，
她以為自己的婚姻會越來越牢固，
沒想到婚姻卻開始破裂了。

她意識到丈夫染上了賭癮，導致他經常在外面熬夜，
她被憂慮和悲傷所吞沒，想知道他是否會回家，

時間似乎過得越來越快，
米婭感覺自己的生命正在流逝，
她原本對自己的婚姻寄予厚望，
現在卻好像一切都在悄悄溜走，
她害怕丈夫的賭癮會毀了他們的婚姻，
對此她無能為力，
米婭心痛，一想到他們輸給了他的賭局，
如果他不改變，他們將一直輸下去，
她覺得他們的婚姻正在破裂，
她希望時光倒流，但她知道為時已晚。

米婭內心深處正在受痛苦侵蝕，
但她決心不讓它表現出來，
每次面對朵兒的時候，她都是一副幸福的樣子，
她強顏歡笑，即使心情沉重，

她決心不讓自己的悲傷表現出來。
在內心深處，米婭感到害怕和困惑，
她覺得很孤獨，儘管她被人包圍著，
她想對朵兒說實話，但她的恐懼讓她沒有這麼做，
她太害怕被評判和拒絕，
米婭很痛苦，但她下定決心要堅強，
她的嘴角掛著微笑，昂著頭，
她決心克服內心的動盪，
即使這意味著暫時假裝快樂。

當米婭發現她的丈夫一直在賭光他們的積蓄時，
讓他們家庭的未來處於危險之中，
當他請求幫他還清債務時，米婭的心沉了下去，
她曾如此努力地為他們的未來存錢，
現在似乎一切都沒有了，她感到無助和無力，

她不知道該怎麼辦，米婭的情緒動盪不安，
她同時感到被背叛、憤怒和恐懼，
她不知道她將如何來償還他的債務，
她還擔心他的賭博成癮會如何影響他們的關係，
她知道她必須堅強起來，想辦法幫助她的丈夫，
但失去一切的恐懼壓倒了她，她所能做的就是哭泣。

幾週來，米婭一直在與沈重的負擔作鬥爭，
每一天都是與憂慮和煩惱的戰鬥，
她努力保持堅強，裝出一副勇敢的樣子，
但壓力太大了，她覺得自己正處於崩潰的邊緣，
她迫切需要有人傾訴，
最後，在萬般無奈之下，她向朋友吐露心聲，
她敞開心扉講述自己的掙扎，
並告訴她們她所經歷的一切，

當米婭分享她內心深處的想法和感受時，
她的朋友們很理解她，也很同情她，
在她們的幫助下，米婭得以克服困難，找到平靜，
並且很感激有朋友可以幫助她度過難關。

米婭看著她的先生，感到一種奇怪的複雜情緒，
他一直渴望在賭局裡得到滿足，
但他的夢想非但沒有成真，
反而惹來了麻煩，他賭輸了很多錢，
下注的時候，他一直心潮澎湃，
相信這一次會不一樣，
但每一次，他都因為賠錢而失望，
當他意識到自己在賭博遊戲中永遠不會滿足時，
他感到深深的沮喪和遺憾，
他本希望這一次不一樣，

總算能夠翻盤，獨占鰲頭，
但相反，他發現自己陷入了一個失敗的循環中，
他感到尷尬和羞愧，
因為他無法控制自己和賭博的衝動，
浪費了本可以運用在其他地方的金錢和時間，
他很想打破這個循環，卻又無能為力，
他一直在賭，希望這一次不一樣，
但最終，他還是一直輸，他感到洩氣和失敗，
現在負債累累，迫切需要妻子的幫助。

米婭為他如此魯莽而沮喪，
以至於讓他們陷入這種境地而感到憤怒，
她也為他如此急於想獲得更多的錢，
甘冒這麼大的風險而感到難過，
她知道他這樣做只是為了滿足慾望，

他甘願冒著失去事業，失去家庭，失去信任，
這樣的危險去做那件事，她的心都碎了，
她只能一直在他身邊，
她知道，無論付出什麼代價，
她都必須幫他還清債務，
米婭不禁感到深深的後悔，
她希望如果能在這件事發生之前做點什麼，
但那似乎已經太讓人措手不及了。

沉醉在神祕戀情中的朵兒，
從朋友口中聽到米婭的消息，
她瞭解米婭不輕易服輸，不向困境低頭的個性，
讓朵兒決定先伸出援手，
她知道自己有責任幫助陷入抑鬱深淵的米婭，
她不想留下她一個人在悲傷中，

朵兒輕輕地握住米婭的手告訴她，
她並不孤單，她就在她身邊，
她用愛和仁慈的話安慰她，
並提醒她內心的力量和韌性，
她敦促她與抑鬱，壓力作鬥爭，
一天一天地接受它，永遠不要失去希望，
米婭被朵兒的話和真誠的關懷所感動，
知道有人願意傾聽並理解她的掙扎，
儘管黑暗，她仍能找到內心的光明，
米婭微笑著感謝朵兒在她身邊，
朵兒很高興能幫助好友，
並且使她能夠有所作為，即使只是片刻，
米婭的內心充滿寬慰、喜悅，
她感謝朋友們給予的鼓勵和支持，
她為灌輸給她的新動力感到高興。

朵兒看到好友恢復了久違的笑容而喜悅，
她拿出珍藏的紙娃娃故事翻開書頁，
她跌入了兒時溫馨的回憶：
盈盈是一個古老的紙娃娃，
獨自生活在世界一個被遺忘的角落，
她被古老的樹木和早已被遺忘的記憶所包圍，
儘管寂寞，但卻有一種滿足感，
因為她知道自己在這個角落安然無恙，
每天，她都會想像著樹林外的世界，
她夢想著充滿愛和歡笑的生活和可以分享的朋友，
可是她知道，無論她多麼希望，
她都逃不出這個孤獨的角落。

隨著歲月的流逝，盈盈的孤獨感開始蔓延，

她覺得自己的喜悅在慢慢溜走，
取而代之的是悲傷和絕望，
但是，儘管悲傷，盈盈仍然抱有希望，
一位好心的旅人偶然發現了盈盈，
他被她的純潔迷住了，
盈盈不再孤單，她的悲傷被新的快樂所取代，
盈盈不再生活在被遺忘的角落。

盈盈是用在街上撿到的紙片做成的，
一個被遺忘的玩具，她被拋棄和忽視，
廢墟中一個孤獨的身影，儘管她出身卑微，
但她身上有一些東西——生命的火花，
她有一顆跳動的心和一顆渴望回家的靈魂，
她決心在這個世界上找到自己的位置，
所以她走了自己的路，慢慢尋找合適的歸屬地，

終於，她找到了一個可以落腳的街角，
在身邊收集了更多的紙屑，營造了一個家，
即使是被遺忘和丟棄的人也可以被愛，
並在世界上佔有一席之地，
她知道自己被遺忘而感到深深的悲傷，
她也感到一種奇怪的喜悅，
因為自己已經從無情的時間流逝中倖免。
這本書讓朵兒想起那段單純的時光，
那時的生活無憂無慮，充滿無限可能，
它喚起了童年的回憶以及隨之而來的驚奇感，
她記得花了數個小時讀它，以及它所激發的影響，
她閉上眼睛，想像著盈盈這個玩具紙娃娃，
童稚時期，一個孩子被抱著，
臉上洋溢著幸福的笑容，
母親的笑聲像音樂一樣響起，
朵兒知道玩具可能已經被遺忘，

但永遠不會真正消失，會留在她的記憶中，
也會留在其他可能玩過的人的記憶中，
被遺忘的玩具可能不再是快樂的源泉，
但它將永遠提醒人們，
在生活的小片刻裡可以找到的快樂。

朵兒從小就熱衷於創造美好的事物，
在成長過程中，她經常會花很多時間，
收集布料、絲帶和其他材料的碎片來製作自己的服裝，
她的母親總是鼓勵她，
告訴她總有一天她的才華會變成驚人的作品，
每做一件服裝，朵兒的技藝都在不斷進步，
很快，她為朋友和家人製作服裝，
甚至受僱為劇院和小型戲劇製作服裝，
她的服裝栩栩如生並受到他人的讚賞，

她感到很高興和滿足，
憑藉她的辛勤工作和奉獻精神，
她確信自己能夠做出更多精彩的傑作。

當米婭感到疲倦時，她喜歡到森林裡散步，
呼吸新鮮空氣，釋放所有壓力。
當她走路時，她享受森林的和平與安寧，
有高大的樹木和郁鬱蔥蔥的綠色植物，
她感覺到森林的寂靜，
以及鳥兒和其他動物的聲音，
流水聲帶來平靜和放鬆的感覺，
米婭沉浸在周圍森林的美景中，
隨著她的每一次呼吸，
她都能感覺到自己的壓力消失了，
她感受到了一種深深的平靜和滿足感，

她知道自己在森林裡很安全，
她可以花時間活在當下，理清思緒，
當她走路時，她似乎能感覺到，
焦慮和擔憂離開了她的身體，
新鮮的空氣讓她充滿了新的活力，
她能感覺到自己的靈魂得到了補充，
精神得到了復甦，
當米婭離開森林時，她感到神清氣爽、放鬆身心，
並以新的活力迎接新的一天，
她知道森林永遠在那裡敞開迎接她。

有一天，朵兒聽說正在進行一場比賽，
她心中充滿了興奮和期待，
她立即開始計劃和製定如何獲勝的策略，
她花了數小時研究比賽，

她加班努力拼湊參賽作品，她希望它是完美的，
她既緊張又害怕，但也充滿希望和決心，
當她瀏覽著比賽服裝設計師的名單時，
競爭很激烈，但她決心全力以赴。
終於到了比賽的那一天，她滿懷期待，
她確信自己的服裝是所有參賽者中最好的，
但是當她環顧房間時，她心中充滿了疑惑，
如果她不夠好怎麼辦？如果她沒有贏呢？
然後她想起了她當初為什麼選擇參加比賽，
她深吸一口氣，走上講台，
評委們看到她的服裝時都驚嘆不已，
當她自信地昂首闊步走上舞台時，
她能感受到人群的能量，
當宣布獲勝者時，她充滿了成就感，
她實現了她一直夢想的事情。

朵兒從小接觸紙娃娃，就喜歡上紙藝，
每天她都會花幾個小時用紙做娃娃衣服。
隨著年齡的增長，她開始製作越來越複雜的圖案，
她對自己的創造感到驚奇，
每件作品完成後的成就感推動她繼續創作，
無論生活給她帶來什麼，
她總能從製作漂亮的衣服中找到慰藉，
這是她表達情感並以有形方式與世界分享的一種方式，
也為自己的手藝創造出如此美麗的東西而感到自豪。

從前有一個年輕的女孩，
她有一種特殊的唱歌天賦，
她一直夢想著在觀眾面前表演，
並炫耀自己的歌唱實力，

有一天，她獲得了參加歌唱比賽的機會，
她又緊張又害怕，但她決心盡力而為，
比賽當天，她走上舞台開始唱歌，
她有力而優美的聲音充滿了整個房間，
吸引了在場的每一個人，
就連評委們也被她的表演驚呆了，
歌曲結束時，評委們起立為她鼓掌，
她給所有評委留下了深刻印象，
那一刻她永遠不會忘記，
這位年輕女孩繼續贏得比賽，
開始了她的歌唱生涯，
她永遠不會忘記撼動評委和夢想成真的感覺，
從她還是個小女孩的時候起，
她就一直夢想著這一刻。

如同朵兒花了無數個小時來繪製草圖和設計，
將她的心和靈魂傾注到她的作品中，
努力工作，她參加了比賽，
這是她一生中最大的時裝設計比賽，
當公佈結果並點到她的名字時，
她簡直不敢相信，當她接受獎品時，
喜悅的淚水從她的臉上流下來，激動得不知所措，
這對她來說是夢想成真，她為自己感到驕傲，
所有的努力終於得到了回報，
她覺得可以做任何事情，天空是無限寬闊，
未來是光明的，充滿了可能性，
她已經準備好在世界上，
留下自己的印記——一個華麗的創造。

米婭試著在婚姻裡尋找自己的價值，

總覺得自己無法融入其中，
情況演變至此，
她的丈夫可能覺得自己像個局外人，
總覺得自己缺少了什麼。
但有一天她看著孩子，終於體會了真正的歸屬感，
米婭起初會對接受這種發現猶豫不決，
當意識到這種發現將被奪走時，
原本圓滿幸福的家庭可能瓦解時，
她感到被一陣恐懼席捲了，
但她克服了恐懼，擁抱了她發現的價值，
家人們接受了她本來的樣子，
她生平第一次有了歸屬感和安全感，
她能夠自由、公開地表達自己的想法，
而不用害怕被評判，
她終於可以自由地做自己，並因此受到讚賞，
她終於得到了應有的尊重和欽佩，

她也不再視先生是一個局外人，
而是一個領導者，他必須擔負起自己的義務，
成為一個在親人中受人尊敬的成員，
這種認可是發生在她身上的最好的事情，
她很高興找到了屬於她的地方。

米婭才華橫溢，她是一位非常有天賦的藝術家，
她的作品讓所有看到它的人都驚嘆不已，
她對自己的工作感到非常自豪，
並對他們的生活產生積極影響，
她與任何願意學習的人分享她的技術和知識，
她很有耐心，也很鼓勵人，
她的慷慨和才華總是讓她的客戶驚嘆不已，
在工作之餘她拾起畫筆，
開始在畫廊展出她的畫作，

人們都在欣賞她的作品，
她的作品登上了電視和報紙，
她的藝術激發人們創造自己的藝術、
表達自我和追求卓越的故事，
她自豪地知道自己的生命正在改變。

朵兒和米婭在各自的生活中忙碌，
深厚的情感卻不停止地累藏沉積，
當她們突然在海邊偶遇時，
兩人都抑制不住激動的心情，
當她們擁抱並享受這一刻時，
彼此的眼睛閃耀著喜悅的光芒，
她們的談話充滿了自從上次見面以來生活中的快樂，
她們談論所有發生的變化，新經歷以及留下的回憶，
兩人對未曾見面以後所發生的事情感到驚訝，

她們都在回憶生活中發生的一切，
太陽開始落山時，朵兒和米婭擁抱道別，
突如其來的相遇，
讓兩人內心湧起了太多的情緒，
她們對重逢充滿喜悅，感謝有機會重逢，
並對珍貴的友誼有了新的認識，
各自分道揚鑣，朵兒和米婭忍不住笑了起來，
她們的情誼一如既往的更加親密牢固。

朵兒對時尚有著根深蒂固的熱情，
她一直在創造個人獨特風格的服裝，
她最大的滿足是看到有人穿著她設計的東西，
每天早上她都會早早醒來，
馬上開始畫草圖和設計，
她對細節有著令人難以置信的眼光，

並且在她的作品達成完美之前從不停止，
工作時，她的雙手靈巧地移動著，
每縫一針，她的腦子裡就充滿了想法，
她在工作室裡度過了無數個小時，
以完善她的手藝並磨練她的技能，
衣服完成後，她充滿了喜悅，
因為她知道很快，全世界就會看到她的作品。

安妮是鎮上的一個小女孩，
她習慣於在小鎮上感到被遺忘和渺小，
每個人似乎都有比她更大更好的夢想，
她不好意思告訴別人她想要什麼，
她覺得自己必須接受一種想要的不多的生活，
米婭一直看著她成長，
有一天，她告訴了安妮一個故事，

一個男人白手起家並努力走向成功的故事，
這是一個鼓舞人心的故事，
它讓安妮相信自己也能取得成功，
她開始夢想更大，更努力地工作，
她為自己設定了小目標，並為之努力，
她激勵周圍的人去發現自己獨特的才能和激情，
無論一個人感覺多麼渺小或微不足道，
每個人都有改變的力量，
通過努力工作、奉獻精神和一點點勇氣，
她甚至開始接觸鎮上的人，
建立可以幫助她的人脈，
最終，安妮實現了她的目標並取得了成功。

安妮出生在一個貧窮的家庭，
不得不努力維持生計，

儘管處境艱難，她還是努力學習，
最終獲得了上大學的獎學金，
她以優異的成績畢業了，
她利用自己的學位成為了一名社會工作者，
盡其所能幫助那些有需要的人，
並激勵他們充分發揮潛力，
她的故事提醒我們，無論生活看起來多麼艱難，
只要努力工作和堅持不懈，就可以取得成功。

安妮的成功不僅僅在於實現自己的目標，
還在於幫助他人實現他們的目標，
每天早上，她醒來時眼裡閃著光，
她熱愛自己所做的工作，也熱愛和團隊合作的理念，
她走到辦公室，微笑著和同事們打招呼，
她渴望開始新的一天並開始工作，

她與團隊一起完成了一直在努力的項目，
她相信合作的力量，並在工作中找到樂趣，
他們夢想著將自己的夢想變成現實，
如果以奉獻和熱情追求夢想，一切皆有可能。

米婭對人所付出的關心和鼓舞，
源自在孤兒院長大，艱苦的生活，
沒有家人可以求助，也沒有人可以依靠，
儘管面臨挑戰，
卻始終保持著開朗的性格和對生活的熱情，
她經常談論她必須忍受的艱辛，
但她從不讓愛護她的人失望，
她從孤兒院的朋友那裡，
得到的愛和支持鼓舞了她的精神，
即使在最黑暗的時候也不會放棄，

米婭旺盛的生命力是她堅強性格的證明，
在孤兒院的經歷使她成為自信、獨立的女性。

朵兒一直是最有創造力的人，
小時候，她會把普通的東西變成特別的東西，
她會拿一塊木頭把它變成一個漂亮的洋娃娃，
或者把一堆布料做成設計精美的衣服，
隨著年齡的增長，
她的工藝天賦受到很多人的追捧，
她在創作過程中找到了樂趣，
她的作品很快在時尚界出名，
人們尋找她是因為她有能力，
幫助人們創造可以持續一生的回憶。

朵兒為她的工作感到自豪，
她享受工作給她帶來的挑戰，
卻隱約感到內心空虛。
她試圖用成就和榮譽來填補它，
但似乎沒有什麼能滿足她的渴望，
她環顧四周，想為自己找到一個目標和一個位置，
但似乎沒有合適的地方，
她想知道這種空虛是否
是由於她缺乏有意義的關係造成的？
她努力工作並取得了成功，但她在努力中感到孤獨，
她渴望有人分享她的成功，有人一起歡笑，
有人在遇到困難時支持她；
她感到不知所措和無能為力，
不知道如何處理空虛，
她試圖通過讓自己沉浸在工作中，
來分散自己的注意力，

但內心深處她知道這還不夠，
她決心找到填補她空虛的答案。

朵兒是一個夢想改變世界的年輕女孩，
她以堅定的信念和意志追求自己的目標，
一路走來，她遇到了逆境和障礙，
她的熱情驅使她讓自己變得更好，
也證明了努力工作並且永不放棄。
可是每當一個人的時候，
朵兒總會忍不住想起那個神祕的男人，
他在她的生命中只是短暫的相遇，
但她仍對他記憶猶新，
他身上有一種神祕的氣息，
她對他的好奇，但又有些害怕，
幾個月沒見他了，她時常想起他，

她想知道他在做什麼，是否想過她，
她知道老想著這樣的事情是愚蠢的，
但她沒辦法，她知道也許見不到他了，
但這並沒有阻止她做夢。

當朵兒為她的服裝系列尋找新的設計理念時，
她花了幾個小時研究織物樣本，
勾畫新想法，並夢想著完美的設計，
每一個新想法讓她對工作有著深刻的認識，
她決心創造既時尚又實用的東西，
日子在充滿創造力和興奮的氣氛中飛逝，
當她的設計受到熱情和讚揚時，不禁洋洋得意。

一個陽光明媚的午後，朵兒坐在咖啡館裡，

突然看到男人牽著一個孩子走來，
他高大英俊，笑起來讓她心跳加速，
她看著他和孩子，心情複雜，
他們只有一面之緣，
但她卻對他有著濃濃的親切感，
不禁好奇他和孩子到底是什麼關係？
他是父親嗎？他是這家人的朋友嗎？
不管是什麼，這讓她感到意外的嫉妒，
孩子很開心，男子邊走邊談笑風生，
她忍不住感到一陣悲傷，
一種對她可能永遠不會擁有的生活的渴望，
看到男人帶著孩子，她既高興又羨慕，
這種苦樂參半的感覺讓她終生難忘。
朵兒一直坐在窗邊，看著外面的陽光，
忽然，男子的目光被眼角餘光裡的一個人影吸引住了，
他瞇著眼睛看清是誰，

當他認出那是朵兒時，他的臉亮了起來，
他隱約覺得自己的心微微膨脹。
可是他發現她的表情，一點都不開心，
她的眼裡有一種悲傷，似乎壓垮了她，
他為沒能幫助她而感到一陣內疚，
他想走過去給她一個安慰的擁抱，
他無法將目光從她身上移開，
無論她承受著怎樣的痛苦，他都感到深深的悲傷，
他恨不得帶走她的痛苦，可他卻只能站在原地，
他知道她能感覺到他的目光，
他希望他的微笑能觸及她，給她一些安慰。

他的目光是那樣的溫柔，那樣的熱烈，
他的眼裡充滿了善意和理解，
她覺得他好像能看清她的真實面目，

並因此而接受她，
她感覺他的目光像一條溫暖的毯子，
讓她有安全感，
他的眼神是那樣的祥和，
那一瞬間，她覺得和他產生了強烈的共鳴，
這是一種令人欣慰的感覺，
她可以用她內心深處的感情來信任他。

朵兒繼續在工作中找到了新的熱情，
她渴望探索她還能創造什麼，
從很小的時候起，她就知道自己有一些特別的東西，
憑藉她獨特的天賦和熱情創作了鼓舞人心的藝術，
將她帶到了從未想過可以去的地方。

他們的故事可能延續嗎？
是否激勵著所有渴望感情的人，
提醒我們永遠不要放棄追求自己的夢想？
朵兒是敢於夢想的人，她是勇氣和毅力的象徵，
她的精神在創造的服裝中得以延續，
以她精湛的工藝激勵著其他人，
她提醒人們信念和努力的力量，
無論我們的背景和環境如何，
我們都有能力實現偉大。

米婭決定和丈夫一起面對債務，
她的丈夫站在她身邊準備盡一切努力，
讓他們度過這個困難時期，
儘管他們在經濟上苦苦掙扎了一段時間，
但米婭決心找到擺脫債務的方法，

她開始研究減少開支和增加收入的方法，
她和丈夫一起制定了預算，
以幫助他們更有效地管理他們的錢，
他決心再找一份工作來貼補他們的收入，
她的丈夫很感激妻子的支持和理解，
當他得到一個職位時，內心充滿了感激之情，
儘管他們仍然面臨經濟困難，他們擁有彼此，
這是度過這段艱難時期重要的一項，
米婭為丈夫站在她身邊而感到自豪，
她很感激他們之間牢固的關係，
在一起，他們可以面對任何難關。

男人溫柔的目光充滿了溫暖，
朵兒覺得可以告訴他任何事情，
彷彿能看透她的內心。

他有一種平靜的氣息，
她很感激遇見他，給了她一份禮物，
她知道這是一件特別的禮物，
似乎他能以一種其他人從未有過的方式看待她，
在他面前，她感到安全並被接受，
他們繼續進行眼神交流，感覺就像永恆一樣。

米婭為丈夫承擔債務，
並竭盡所能養家糊口而深感自豪，
這是一個艱難的處境，但她決心克服它，
她和丈夫努力工作，一點點還清債務，
儘管他們常常對所花的時間感到灰心，
但他們一直在向前推進，
克服債務的過程中變得更加親密，
他們傾訴自己的憂慮，幫助彼此做出負責任的選擇，

米婭感激丈夫對她的支持和信任，
最終，他們能夠還清債務，
米婭感到如釋重負，他們共同努力度過難關，
並比以往任何時候都更加強大，
這段經歷教會了她韌性的重要性，
以及共同面對困難時所帶來的力量。

朵兒是有點傳統主義者的，
愛上一個離婚有孩子的男人，
是她以前從未想過的事情，
她對結識一個已經歷過愛的人的想法很感興趣，
但她對這種關係可能引起的問題持謹慎態度，
一想到要處理來自男人前妻的潛在問題，
或者擔心如何處理孩子的感受，
她不確定自己是否準備好承擔如此巨大的責任，

這段關係是否是她願意追求的，
她必須仔細權衡利弊，
並做好在路上遇到一些坎坷的準備，
知道無論她選擇什麼，
都會對她的生活產生重大影響，
深吸一口氣，她閉上眼睛，
將注意力集中在自己內心的情緒上
她相信經過深思熟慮後，她會做出最好的決定。
朵兒想進一步探索精神上和情感上的聯繫，
這與她以前經歷過的任何事情都不一樣，
她期盼這種聯繫會將他們帶向何方，
她決心弄清楚它到底能變得多深、多有意義。
男人結過一次婚，但這段婚姻以離婚告終，
他有個可愛的孩子，一個他創造的小生命，
他現在和前妻過著各自獨立的生活，
他為他們的決定感到驕傲。

雖然經歷分離，受過傷害，
一想到要再次接受感情，
即使很辛苦，他還是有勇氣去愛，
他小心翼翼地對他感興趣的人坦誠相待，
在做出任何承諾之前，他會花時間了解彼此的感覺，
他想確定自己做出的決定是正確的，
無論他讓自己投入什麼，都是可以持久的，
向愛的可能性敞開心扉。

其實他喜歡朵兒很久了，卻不敢告訴她，
他害怕被拒絕，害怕破壞他們之間的好感，
害怕可能會在這個過程中受到傷害，
他試圖以微妙的方式表達他的感受，
他在相遇的咖啡館流連，
也讓咖啡館的人員代為傳達留言，

讓她覺得自己很特別，
他等待著她的回應，但始終沒有回應。

朵兒已經單身這麼久了，
雖然她也有過一些感情，但沒有什麼是真正穩定的，
現在，她終於遇到了，一個她覺得真正有感覺的人，
唯一的問題是他是一個離婚的男人，
她猶豫是否要進一步發展這段關係，
她知道離婚男人有包袱，
但她不確定是否準備好承擔這個責任，
她向米婭詢問對此事的看法，
米婭仔細想了想才做出回應：
「愛是一種風險，」她說：
「離婚與否，你永遠不知道未來會怎樣，
但如果你真的覺得和這個男人有感應，

那麼我認為冒險是值得的，
你永遠不知道，這可能是一件美妙的事情。」
米婭的想法深深打動了朵兒，
她想著自己應該如何走下去。

但結果是男子被壓垮了，遲遲等不到朵兒的身影，
但他保持著勇氣，他不斷地向她發送愛的信息，
她至少會知道他愛她，並且會在她身邊，
他已經封閉了許久，
鎖住心似乎比再次冒險更容易，
但後來發生了一些變化，
當他走出自己的舒適區時，
他充滿了複雜的情緒，他很緊張，但也充滿希望，
他決心慢慢來，並注意自己的底線，
他對進一步發展持開放態度，

他打開心扉讓愛進入，他仍然有點害怕，
他正在冒險，卻讓他感到自由。
當他看到她緩緩走來時，
這麼多日子以來所有的期待和緊張，
都為了等待這一刻的到來，
當她靠近到足以看到她的臉時，
他的心跳似乎停止了，忘了如何呼吸，
近看她更美，他想伸手擁抱她，
但他控制住了自己，
他能從她眼中看到與他同樣的期待，
他迫不及待地想開始和她說話，
想聽聽他們分開後她在做什麼。
但他並沒有急於交談，
而是看著她，享受這一刻，
終於，過了好久好久，
她走近他，幾週來他第一次感到完整。

當她推開咖啡館的門看著他時，
她感到胸口一陣暖意，唇邊開始綻放笑容，
他們終於見面了，
她觀察他臉上的每一個細節，
當她在他的臉上尋找跡象時，
她能感覺到自己的心在胸口狂跳，
他的臉上綻放出笑容，她覺得世界突然停止了，
自從他們最後一次見面感覺像是多年，但其實也只有幾週，
當他們的談話、笑聲和共同時刻的記憶如潮水般湧來時，
她一直在等待這一刻，彷彿等待了永恆。

她忍不住笑了，
咖啡店似乎在他們周圍變得模糊，

她和他在同一個空間裡而感到欣慰，
她感到幸運讓他們再次相聚，
也很害怕破壞他們的友誼，
但她也告訴他，她想冒險和他在一起。
起初，這對他來說有點不知所措，
他害怕會讓朵兒受傷，
但他驚訝於自己的感情增長得如此之快，
他決定為愛情冒險，這讓他感到充滿力量。

當男人的前妻出現在面前時，
在這個需要幫助的時刻，
看到一張熟悉的面孔讓她鬆了一口氣，
孩子病了，她感到不知所措，
她的內心有一絲苦澀。
他幾年前就離開了她和孩子，

儘管如此，還是感謝她的到來，
她解釋了情況，孩子需要醫療護理，
她正在努力獨自處理這一切。
他願意留在她和孩子身邊，在她們最需要的時候，
她很感激男子的幫助，這讓她可以退後一步，休息一下。
他驚訝於前妻焦急又孤單的情緒，
也讓她意識到自己是多麼想念他，
當孩子康復時，她對男子充滿了溫暖和感激之情。
朵兒以為一見鍾情是需要時間考驗的，
她開始花更多的時間和他在一起，
漸漸地對他有了更多的了解，
她發現他有一顆善良的心，
他對自己的工作充滿熱情，有強烈的上進心，
她對他的聰明才智和幽默感印象深刻，
她並不總是同意他的決定，但她尊重他的意見，
隨著對他的了解越來越深，

她看得出來，他是真的在乎她。

連續幾天工作忙碌，男子感覺身體不適，
他感到沮喪，但並沒有尋求安慰或幫助，
就在他最孤獨的時候，前妻出現在他家門口，
他看到她很驚訝，不知道該說什麼。
她聽說了他的請假並前來提供支持，
他不確定是否應該接受她的善意，
但他也病得很重，無法照顧自己，
所以他別無選擇。
他感謝她的慷慨，並接受了她的照顧，
儘管他們已經離婚多年，
他意識到即使他們的關係結束了，
她仍然深深地關心著他，
未來的日子會很艱難，他仍感激前妻的好意。

他從不相信一見鍾情，
他在電影裡看過，聽過故事，
但在現實生活中似乎永遠不可能。
後來遇到了朵兒，他的心告訴自己，
她就是那個人，好像靈魂在與自己對話，
他感到被一種從未想過的情緒所籠罩，
確定自己沒有被一時的火花所騙，
他慢慢和她交談，問她問題，
了解她的興趣愛好，
他想確定彼此的性格是否適合，
他們在一起的時間越長，瞭解就越深入，
他為感情的進展感到鼓舞，
並對未來感到樂觀，感到一種新的自信和決心，
他意識到冒險和敞開心扉是值得的，

開展了一份從未想過的美好愛情作為回報。

自從前妻出現在他家門口後，
男人就一直處於震驚狀態，
他以為他們之間已經結束了。
前妻決定離婚時，他們才結婚六年，
當時看來，這對她來說是最好的決定，
他懇求重新考慮，努力解決問題，
但她一直很堅決，想要離婚。
離婚文件簽署、蓋章，
心裡的所有情緒都釋放了出來，
他盡了最大的努力去維繫這段感情，
最後卻以失敗告終。
他很高興分開之後，
能陪伴著生病的孩子，等待他康復，

但見到他的前妻，他內心平靜無波，
他記得在婚姻裡，她給他帶來的痛苦，
自從前妻離開後，他經歷了很多，
他覺得自己成長了，不會再回到從前。

現在前妻渴望再一次機會，
她想起了他們一起度過的所有美好時光，
她曾是多麼愛他，卻不懂得珍惜，
她覺得自己放他走是個錯誤，
她拿起電話，撥通了他的號碼，
她懇求他回到她身邊，她告訴他仍然多麼愛他，
她願意做任何事來挽救他們的關係，
她蜷縮在沙發上，感覺比以往任何時候都更加孤獨。
她看著空蕩蕩的房間，
曾經和丈夫度過許多快樂時光，

她記得他們曾經大笑和開玩笑的方式，
他們曾經分享祕密和許多夢想，
她從未想過一切會這樣結束，
她太過專注於自己的問題，
她太自私了，把他視為理所當然，
她一直沉浸在自己的感覺中，
以至於看不到他的痛苦，她怎麼會這麼忍心？
她閉上眼睛，試圖將回憶和痛苦擋在腦後，
但她無法否認一個事實：
是她決定要離婚，現在卻孤身一人，
她感到深深的悲傷和失落，
希望時光倒流，但現在已經太晚了，
她所能做的就是哀悼失去的一切，
從錯誤中吸取教訓並嘗試原諒自己。

當朵兒注意到事態發生變化時，
她可以看出他生活中發生某些事情，
他並沒有與她分享。
有一天，男子的前妻突然出現了，
她以前從未見過前妻，而她就在這裡，
彷彿憑空出現，要求與他交談。
朵兒心中百感交集，
她對他瞞著前妻感到有些嫉妒，
另一方面，她又希望她的突然出現，
意味著他已經準備好釐清之間的關係了。
她緊張地等待他與前妻的談話，
她只能想像他們在談論什麼，
但是當男人回來時，他臉上露出了堅決的表情，
他告訴朵兒，他意識到自己多麼愛她，
並想努力讓事情順利進行，
朵兒充滿了寬慰和幸福，她很感激前妻現身，

為兩人的感情起到了警醒的作用。

朵兒有一個開放的靈魂，
當她遇到對的人時，
她敞開心扉，勇敢地去愛，
害怕受傷的恐懼仍在，
但並沒有阻止她為所愛的人付出一切，
如同可以包容他與前妻的正常互動，
——自然是有關於孩子的一切，
孩子永遠是兩人間唯一的牽繫，
那是無法阻斷的關係。
她感到比以往任何時候都更有活力，
她準備好接受愛情帶來的不確定性，
相信一切都會好起來的，
她在自我肯定中找到了力量，

她不再害怕未來，因為她知道，
只要勇敢地去愛，就可以征服一切。

米婭和朵兒回味各自的生活，
米婭結婚多年，經歷過風雨，
她覺得自己一直在與丈夫進行協談，
總是試圖讓他理解她，
她必須在沮喪和鼓舞間扮演好角色，
她如何不斷感覺自己在婚姻關係中，
前進了一步又後退了兩步，
她努力對丈夫表現出愛和理解，
但似乎這樣都不夠，
丈夫也需要理解她的善意，
回饋並支持她走下去的力量。
兩個朋友聊了幾個小時，

分享了她們的掙扎、孤獨和失望的感覺，
以及對未來美好事物的盼望，
她們從彼此的故事中找到了安慰，
並能夠以一種安全和支持的方式，
誠實地表達自己的內心情感，
談話結束時，兩人都鬆了一口氣，
都感到紓解後的筋疲力盡，
能夠分享各自的想法和感受，
並深入了解彼此的經歷，
以一種不受評判的方式表達，
她們在彼此心靈中尋找到了自己的位置。

米婭正準備沐浴，
偶然間摸到大腿內側有一個瘤體，
以前不曾有的奇怪瘤體，

她不以為意將它刺破，擦拭掉血水，
瘤體消失了，她並沒有放在心上。
過了兩個星期，同處又長出兩個瘤，
她感覺似乎有一些不好的情況，
她去了大型醫院做切片手術，
在等待報告的兩個星期間，
切片處又悄悄的長了六個瘤體，
一陣恐懼席捲了她，米婭不知道該怎麼辦，
當她想到最壞的情況時，
她的腦海裡閃過各種念頭，
米婭決心保持堅強，直面恐懼，
她知道無論結果如何，她都必須勇敢，
她深吸一口氣，保持積極的態度靜候檢驗結果。

米婭的生活充滿了樂觀和歡笑，

她享受生活中的每一刻，
並儘一切努力去欣賞這些小事。
當她得知自己患上了一種罕見的癌症時，
她的整個世界都變了，診斷是壓倒性的，
她是這所大型醫院此病症編號第十號的病患，
前面的病例都是三個月至半年都紛紛離去。
米婭問醫師：那我還能工作嗎？
醫師並未直接回答問話，只是含笑看著她。
這種罕見的癌病並沒有醫療的方法，
米婭只能保持樂觀，面對生命的不確定性，
她以平常心懷抱希望，米婭意識到她並不孤單，
她有家人和朋友的依靠，先生和孩子還需要她，
她接受上天的安排，
在千萬人中選擇了她接受淬練。

當聽到米婭生病的消息時，朵兒的心隱隱作痛，
但她立刻感覺她的好友是一個充滿活力的人，
似乎不可能被此疾病擊倒，
她努力瞭解病況，陪伴米婭回診檢查，
她知道米婭現在比以往任何時候都更需要她，
她必須竭盡全力支持她，
朵兒有一種深沉而堅定的決心，
她給予米婭安慰、保證和傾聽，
並在困難時期提供一個可以哭泣的肩膀，
她的好友非常欣慰這份堅定不移的友誼，
朵兒為米婭感到驕傲，
因為她坦然繼續面對生活的精神，
感動了周圍每一個愛她的人。
米婭的病情終於穩定下來，
等候著她康復的好消息後，
朵兒感到如釋重負，

她一直非常關心她的朋友，
以至於想到其他任何事情，都感覺已經不重要了，
還有什麼是比得上生命的可貴呢？
她的朋友安然無恙，她可以把注意力轉向未來了，
在整個磨難過程中，男友一直非常支持她，
她知道他就是那個人，一段時間以來，
她一直想把兩人的關係提升到一個新的水平，
現在米婭已經脫離危險，
她知道現在是時候這樣做了。

這段陪伴朵兒渡過低潮的經歷，
讓男人意識到生命是多麼脆弱，
事情變化的速度有多快，
他決定要充分利用生活，實現自己的夢想，
他已準備好與他所愛的女人，

一起開啟人生的新篇章，他對未來充滿期待。
那是朵兒永遠不會忘記的的時刻，
當男子拿出結婚戒指，單膝下跪時，
她不敢相信這會發生，
那種純粹的幸福如噴泉汩汩流洩，
流淌滋潤朵兒的心田，
在經歷了這一切之後，
這感覺就像是對彼此最好的回報，
她感到很幸運可以一起分享這一刻，
她很感激有一個愛護她的人在身邊，
她相信彼此的愛會讓他們走得更遠，
儘管她知道前方仍有許多挑戰，
但他們已準備好共同面對，
她迫不及待地開始計劃他們的未來，
一想到即將迎來的新生活，她就無比嚮往。

米婭的康復證明了愛和友誼的力量，
朵兒很感激身邊有如此堅強的朋友，
她忍不住覺得一切都將朝著好的方向發展，
並滿懷希望和喜悅地展望未來，
生活給了我們一些曲線球，卻讓我們變得更強大。
朵兒答應了男友的求婚，
當她向米婭分享喜訊時，米婭的內心是幸福寬慰的，
她為能夠見證這個特殊時刻而深感幸福，
成為這個歡樂時刻裡的一份子而寬慰，
她慶幸自己的病情穩定而容光煥發。
我們現在可以一起展望未來，
經過許久的擔心和恐懼，迎來了光明，
我們已經走了多遠，一起克服了多少困難，
當朵兒即將邁向幸福，開始人生的新篇章時，
這對米婭來說意義重大。

從小兩人都是寄人籬下的孩子，
這麼多年，她們像是一枚硬幣的兩面，
各有自己獨特的觀點，朵兒一直是夢想家，
她相信只要用心去做，一切皆有可能，
米婭比較實際，總是為問題尋找切實可行的方法，
朵兒在米婭身上看到了令人欽佩的力量和勇氣，
她知道可以永遠依靠米婭，陪伴在她身邊，
米婭對朵兒也有同樣的感覺；
她們一起分享了太多的回憶和經歷，
分享了所有最深的祕密、希望和夢想。
朵兒挽著丈夫走過過道，聆聽誓言，交換戒指，
看著親如妹妹的朵兒曾經尋覓徬徨，
如今安然依偎在愛的懷抱裡，
感動的淚水順著米婭的臉頰流了下來。

她知道沒有什麼可以取代她們之間的感情，
她珍惜她們一起度過的時光，
並希望她們的友誼永遠芬芳，
她流下的眼淚不僅僅是因為喜悅，
而是她知道朵兒期盼幸福的深深渴望，
這是美好的一天，她很欣慰能參與其中，
她希望上天能帶給彼此好運，圓滿一切。

米婭和朵兒兩個家庭結伴一起旅行，
互相都已經非常熟悉彼此，
空氣中瀰漫著他們之間的友情和理解，
當他們穿越每一個新的城市時，
兩個家庭分享了不同的故事和經歷，
並逐漸理解了他們之間的差異和相似之處，
對於每個家庭的成員來說，

這段旅程既令人興奮又充滿挑戰，
他們不斷地互相學習，
互相推動去見識新的地方，嘗試新的事物，
這是一個更好了解對方的機會，
也是一種架起橋樑和發現更多世界的方式，
兩個家庭因共同的冒險精神而團結一致，
當他們穿過每個地點時，他們分享了旅途的樂趣，
以及體驗未知所帶來的內心情感，
每一天都感覺像是一次冒險，
家人全心全意地擁抱它，回味它。

米婭與丈夫結婚多年，
她認為自己比任何人都了解他，
過去她看到了他與賭博的鬥爭，
並試圖幫助他克服這種衝動，

但他似乎又落入了同樣的陷阱，
得知他又深陷賭局，她心痛不已，
她為他們的感情投入了那麼多的時間、精力和金錢，
而他卻好像把一切都置之不顧，
她覺得自己根本不認識他，
米婭很無奈之前所有的付出，
現在看來一切又回到原點，
她害怕這對他們關係的未來意味著什麼，
如果丈夫繼續賭癮，可能會導致經濟崩潰，
她擔心這會使他們的家庭破裂，
她想在她丈夫身邊，但她也害怕填補這個無底深淵。

終於丈夫累了，他連夜賭博引發腦出血，
米婭看著醫護人員推著丈夫離開，
醫生們說他能活著被送到醫院是一個奇蹟，

她對此心存感激，
但這並沒有消除她對丈夫的背叛和憤怒，
他曾答應戒賭，但現在卻躺在病床上，
這一切都是因為他的賭癮，
米婭未曾經歷過這種情況，
她決心不惜一切代價確保他的安全和健康，
想到丈夫的行為使他處於危險之中，
米婭感到深深的悲傷和無助。

她坐在醫院的候診室裡，感到負罪感壓在肩上，
她答應過丈夫，永遠不會離開他的身邊，
她卻孤身一人在醫院的候診室裡，
等待著決定丈夫命運的消息。
當她想起他們多年來分享的所有時刻，
歡笑，淚水，喜悅，痛苦，如今都已成為遙遠的記憶，

她心中充滿了遺憾和徬徨，不知道未來會怎樣？
她的丈夫會好嗎？她還能把他帶回家嗎？
她不知道，這讓她害怕。
時間一分一秒地過去了，她從未離開候診室，
她想陪在丈夫身邊，不管是任何消息，
她想成為他的支持，成為他遇到困難時的支柱，
她提醒自己要保持堅強，
她深吸一口氣，閉上了眼睛。

當米婭被友情包圍時，她感到被愛包圍，
她感受到支持和從朋友身上散發出來的力量，
有力地提醒她，她從不孤單，
知道這些人無論如何都會支持她，
這給了她繼續前進的勇氣，
能有這麼一群很棒的朋友，

她感到非常感激和謙卑，
無論是順境還是逆境，他們都陪伴在她身邊，
隨時準備傾聽和依靠的肩膀，
她充滿了一種內在力量，
她決心接受生活給她的任何禮物，
無論好的饋贈或是嚴格的考驗。

當聽到丈夫心臟移植手術的消息時，
米婭充滿了希望，這次手術是他的機會，
當醫生終於出來告知手術很成功時，
她心裡充滿了欣慰。
在手術後的幾天裡引發了敗血症，
所有希望都被恐懼所取代，
醫生們試圖挽救他，但無能為力。
米婭無法接受他的離開，

她覺得自己澈底崩潰了，
她陷入了深深的悲痛之中，
彷彿世間所有的痛苦都壓在了她的肩上，
她在絕望的浪潮中掙扎，
她覺得自己再也不會和以前一樣了。
日子在悲傷和絕望的模糊中過去，
米婭一直處於哀悼之中，朵兒陪伴擁抱她，
在她需要的時候給她帶來安慰，
聽她說起與先生所有美好的回憶，
非常感謝朵兒出現在她的生活中，
她感到不那麼破碎了，她感到欣慰。

隨後她的朋友們來了，
他們一個接一個地來了，
在朋友們的幫助和支持下，

她能夠慢慢開始康復，
每個人都提供了一個擁抱和幾句安慰的話，
她感受到了他們擁抱的溫暖，
他們關懷的力量，以及他們話語的真誠，
慢慢地，籠罩在她世界的黑暗開始消散，
陽光重新照耀在她的身上，
她被愛和善意包圍著，
為此，她永遠心存感激。

女兒是米婭在黑暗中閃耀的光芒，
是她力量和勇氣的源泉，當女兒在身邊時，
她感受到了許久未曾感受過的溫暖和安慰。
如同朵兒走上紅毯嫁給她夢寐以求的男人時，
新婚的甜蜜充滿了愛和歡笑，
他們的家庭也在不斷壯大，

朵兒生了一個兒子，
她終於實現了擁有一個家庭的夢想。
兒子的出生帶來了一種新的心境，
她終於能體會米婭為人母的心情，
她心中充滿了確保他平安的願望，
想給孩子最好的生活，
長大後成為一個堅強、善良的人。

男人一直夢想著和一生所愛結婚的那一天，
看到朵兒身著美麗的白色禮服時，
他心中充滿了喜悅和激動，
他對朵兒的愛是他從未體驗過的，
當他看著她的眼睛時，
他能看到同樣的愛反射在他身上，
孩子的到來對他們倆來說就像夢想成真，

他對孩子充滿了深深的愛和保護，
期待著他長大，一起經歷許多奇妙的冒險，
一想到要做父親以及隨之而來的責任，
他決心盡最大努力成為一個好榜樣，
在需要他的時候出現在他身邊，
看著兒子，心中充滿了深深的自豪和滿足。
朵兒婚後四年，傳來米婭癌症復發的消息，
米婭已經經歷了這麼多，
朵兒希望能夠帶走她的痛苦，
唯一能做的就是陪伴在她的身邊支持她。
她在醫院裡牽著米婭的手，陪著她熬過治療，
也讓她更加珍惜兩人在一起的時光，
感謝上帝賜予她們所有的美好時光，
但她知道這只會讓彼此變得更堅強，
更堅定地去面對生活拋給她們的一切，
她決心與米婭一起抗擊癌症，

無論發生什麼事都在她身邊。
米婭想把女兒託付給朵兒，
又怕給她添負擔，她知道這是很多責任，
自先生離開後，朵兒一直在她和女兒身邊，
多年來幫助她們所做的所有小事，
在她最黑暗的日子裡給予她的支持，
於是她鼓起勇氣去問，
令她驚訝的是，朵兒答應了，
她知道如離開後女兒會得到照顧，
當她擁抱朵兒時，她情緒激動，
儘管情況令人難過，她感到很平靜。
她知道女兒的未來是有保障的，
她已經經歷了這麼多，
她充滿了矛盾的情緒——對未知的恐懼，
她很害怕，但也很欣慰，
因為她知道女兒將交到一位摯友的手中。

她祈禱這次舊病復發是最後一次，
希望能看到女兒在身邊，
成長為一個堅強獨立的女人。

在過去的四年裡，
癌症已經成為米婭生活的一部分，
面對不可預知的未來，她從未放棄樂觀的勇氣，
她充分利用了每一天，珍惜那些小小的快樂時刻，
也許有一天，她將被上帝帶離了她的生活，
她感到一種深深的平靜。
她對生命中所有美好的時刻和遇到的人深表感激，
她很感激她擁有的時間，
很滿足於自己一直過著有意義的生活。

晴光朗朗，天空湛藍，
朵兒在墓碑上放了一束花，低聲承諾，
她永遠不會忘記她的好友是多麼棒的人，
她閉上眼睛，最後看了一眼天空，
她知道無論米婭在哪裡，
她也能看到這美好的一天。
朵兒低頭看著小女孩，
她從小就認識這個孩子，
她握緊了女孩的手，試圖給她一些安慰，
她知道米婭對女兒有太多的夢想，
但她知道女兒會沒事的，
朵兒將把她培養成堅強獨立的人，
女兒的眼淚是最難承受的部分，
她伸出手環抱她，告訴她沒關係，
她所能做的就是希望女孩
能找到力量繼續前進，儘管她失去了母親。

米婭教會了女兒勇敢和永不放棄，
她感到深深自豪，
她不想讓女兒感受到痛苦，
即使死亡也無法帶走女兒的愛和勇氣。
抬頭仰望天空，
她一直夢想著自己的骨灰撒在森林裡，
能夠被大自然之美所包圍，她感到幸福。
風穿過樹林沙沙作響，
她能感覺到陽光照在她臉上的溫暖，
她深吸一口氣，
所有的擔憂和焦慮都被釋放了，
她不再局限於她的身體，她的精神得到了釋放，
鳥兒在樹上歌唱，她能感受到周圍森林的精靈，
灰燼在空中飄蕩，與森林的美景融為一體，

風吹過樹林，將她的骨灰吹向遠方，
吹向她從未到過的地方，
她知道，無論她走到哪裡，
都能感受到陽光的溫暖，
星光的閃爍，風的低語，
灰燼飄散，她閉上了眼睛，
向她熟悉的世界說了最後的再見。

朵兒在瀏覽社群網站動態時，
偶然發現了一位年輕的時裝設計師的文字，
她沒有資源去追求自己的夢想，
朵兒被她的熱情所鼓舞，
意識到可能許多年輕時裝設計師，
都有缺乏追求夢想的資源的困境，
她決定成立一個基金會來幫助有需要的人。

她首先接觸時尚界的人，他們與她有共同的願景，
願意長期為這項事業捐款或提供資源；
朵兒也將設計的服裝出售所得提出一部分，
以米婭的名義成立時尚基金會，
為設計師提供資助、接觸專業人士和指導，
希望幫助因缺乏資源，
無法實現製作精美服裝的夢想的人，
基金會的消息很快受到關注，
並登上各大時尚雜誌和網站。
朵兒很高興能和米婭一起分享這份喜悅，
能夠改變那些可能被時尚界忽視的人們的生活，
她感到如釋重負。
她也意識到未來可能面臨的挑戰，
她知道在努力幫助需要的人的過程中，
她將面臨許多障礙，
她希望基金會不僅能夠為有需要的人，

提供資源和機會來製作漂亮的服裝，
還能幫助他們在時尚界取得成功的信心和技能，
她希望能夠為那些被忽略的人發聲，
創造一個更具包容性和多樣性的時尚世界。

致一生摯友

——「時尚女王」原型人物 Credia Lu 永遠的懷念

國家圖書館出版品預行編目

時尚女王. 2 / 陳零著. -- [臺北市] : MIA,
2023.04
面； 公分
ISBN 978-626-01-1131-1(平裝)

863.57　　112003736

時尚女王2

作　　者／陳零
封面設計／Alan Chuang
出版策劃／MIA
製作銷售／秀威資訊科技股份有限公司
114 台北市內湖區瑞光路76巷69號2樓
電話：+886-2-2796-3638
傳真：+886-2-2796-1377
網路訂購／秀威書店：https://store.showwe.tw
博客來網路書店：http://www.books.com.tw
三民網路書店：http://www.m.sanmin.com.tw
讀冊生活：http://www.taaze.tw

出版日期／2023年4月
定　　價／250元